顏色集

goodmelody

感謝我的父親、母親、妹妹
感謝斑斑、糖糖
感謝我的同事Cynthia
因為有你們，才有這本詩集。

目次

I. 鮮衣

II. 怒馬

I.
鮮衣

白

多彩的日光溢出之後漫流
流進涼亭
在傘出生之前
有人曾來避雨

爬藤植物畫一個圈
瓢蟲是花的眼睛
我向東翻越高冷的山嶺
來到母親的家鄉
在午後
坐著看海
猜想前世可能的模樣

多彩是一種白
白生萬物
生微危的矮屋
生過分挺拔的樹
在我出生之前
生我的母親

淺灰

早晨
傾盆大雨
雨水在橘紅色的屋頂上彈跳
白花花的水沫
白噪音

開燈
氣象報告說是陣雨
不算準確
光從窗戶的縫隙逃逸
雨的味道占領了一整個世界

蝶迷離的軌跡
夢等待顯色
早餐溫熱
而餐具微冷

深紫

深紫色的小說陪著旅人旅行
從來不曾翻開
視野
金黃色的花房藏身於風景
日與夜之間的啞謎

旅行可能是一種追逐或者逃離
或者不易咀嚼的窗景
夜車在天色轉亮的時候回到北方
像鯨豚安於浪花的宿命

那些時光一鬆開手就飛遠
每一秒每一分
置身白夜的花依舊遠方
過客走過
波函數坍縮
現在看起來何嘗不是充滿了愛

淡紫

親愛的你
讓我幫你把平凡的街景摺疊
把學魚的波光摺疊
把咀嚼人龍的攤販摺疊
把騎樓摺疊
收攏半場陣雨

在傍晚時分或者清晨送你
陪你等車
一起讀一本無字的書
看一輪黥面的月亮

桃紅

水不沾的花終究會隨著流水而去嗎？
蠟封住了時光的信
如果私語
懂得乘風

無眠的人等來了雨
雲遠走他鄉
欣賞一朵無色的煙火
然後婆娑
感嘆說：「蒲公英有虛情的花語。」
（我有冰涼的淚滴）

花語不知羞赧
日光樸拙
問句是不該入詩的春
答案是秋

紅

紗窗
盛夏裡漲潮的水銀柱
我坐著看螢火蟲追逐酸澀的光
先是垂簾一時心動
然後風起

笑嘆後後現代的面紅
側耳
聽天空中人造的鳥
隆隆地嗚嗚

意識撫過燈火
品如水的味
詩句中住著兩位俠客
一個目盲
一個搖晃

金

「蜃樓遠走到白雲之上
果實決定降落。」
早春三分
七分苦雨

馴化一些線條
放牧一些色彩
告訴她牧羊人正趕著羊群在青青草原上仰望圓得不像話的朝陽或落日
或者：
「　」

此致
不愛無言
最美的愛亦無言

卡其

我聽說
那一年的第一天
煙火隱匿於夜雨之中
在綻放之後轉涼

是為何離開了這座城市
又為何回到這裡
旅程柔軟如絲
燈火隱匿於夜色
錯身只是為了盡數無名

所以這座卡其色的城市沒有名字
那街
那樓
那顳顬行走的車
所以我也沒有名字
不曾看見母親老去的容顏
不是傷心的藝術家

湛藍

早班的公車行走在祈雨之城
旅人無聲地顛簸
故事的結局只有一片湛藍的天
沒有微風中搖曳的葉

或許曾經有過微風中搖曳的葉
水面上有過粼粼的波光
或許我們一起走過
以陌生的姿態開花
「旅行是一種孤單的搖晃
從心上的人的心上離開。」

於是祈雨的人離開
早班的公車留下
心心念念的青鳥離開
羽毛留下
融化在城的南方

黑

身處遙遠的地方就不覺得遙遠
只緣身在此山之中
雷鳴是昏聵昨日的鼓
烈日是直取明日的旗

北去的黑潮帶走了思念
願過眼雲煙
不蔽雙眼
願南方的夜色與外衣
如狡黠的銀河
以冬日為戒

無色

颱風天
難以入眠
戴起耳機聽歌
褪下所有色彩
直到遠方的陽光輕嚙天空
西風轉弱

側耳聽雨
我猜想
錯落的雨水延宕了時光
肉身拒絕了親吻
我知道

人在現世
而花在彼岸

嫩綠

太陽和雨同來的午後
漁港靜謐地呼吸
賣魚丸的攤子
兀自吐出蒸騰的雲
下往天空的雨

他說：
「後來的日子裡沒有愛情」
港灣枯竭成雪白的鹽粒
青春由濃轉淡
醞成遠景

少鹽的他現在能夠笑著說話
作態
說心意曾是一尾活魚
在被捕獲之前踏浪

薄荷綠

趕早班的飛機所以他在大半夜裡披著星星戴著月亮出門
途中路過許多搖曳的樹
電台裡播放的歌
一部分留在雲裡
像電視機裡的雪花
以耳目之名

「清醒是一隻薄荷色的羊」

因為要前往一個他鄉
就認定自己是客
客有等量的渴慕與心慌

力比多屬於夜
夜充滿塑膠花的想像

澄

空的電話亭
欖仁葉隨意鋪張
小徑通往這裡
飛鳥的前世是走失的羊

向晚的雲朵酸澀
屋瓦柔軟
皮膚因為向陽的緣故
開放微血管的花

很多的咖啡館凋謝
然後青年聽見風聲

鮮黃

太過寬廣的道路
路標向海
那一池的水稀釋了夕陽
鹹鹹的倒影
是花開的時節嗎？
還是錯誤的香

去過了就沒有念想
愛過了不應該有恨
夕照是一個水溶性的詞
切記
「不要妄言佳人與沙洲」
詩歌轉眼要舊

櫻花粉

我有我的堤岸
岸上有一朵永不盛開的櫻花
作態展翅
風就開始滾動
在午後三時

活著
遇上一些百年難遇的事
佐一點日常
莊生曉夢迷蝴蝶
青草睡在青草的床上
吐息

聽見溫柔的遠雷
分岔的歌

II.
怒
馬

城市印象

擦亮眼睛之後靈魂就醒來
薄荷草擁有一方空氣

窗是窗
景是景
莫蘭迪色的拼貼
升G大調的噪
線條在流浪之後踏上歸途
色漂浮在北方

許多的明鏡如晦
樂音大開大合

旅人行船於燈海
獵人僥倖
因為一塊暗光的瓦而思索著生
生在咫尺
如薄荷草的迷思

年

那個平凡又特別的年又過去了
像是雪地上淺淺的足跡
又還給了雪
她輕聲地解釋了陽光
我尋思著透明

有一點像卻又不太一樣
那些平凡又特別的年曖曖地閃爍
他說
「我決定老去」
學一張風帆
或者見風的雞

遠望溫柔的語言
卻不解其意

忘卻輕狂的由頭
我把雪景裡見過的陽光
又還給了雪
如果你也是一個行者
就會明白
陽光永遠在樹梢之間
不會太近
也不會太遠

而離別

無非就是另一次的鯨落
太過華麗的盛宴
選日
她溫柔地說明了痛
隨後化身巨石

或者大海
在彼端的手變得柔軟之前
學習多肉的弧線
望穿秋天
秋是鯨落的序

或者終曲
在花瓣的彩度褪去之前
捲起千層的浪
而離別

今夜

浮冰慢了下來
所以蘭姆酒慢了下來
木的腐朽慢了下來
渴望兒時的雨

風速慢了下來
去栽種一朵燭光

鼠尾草醉臥於瓷盤
流星恣意地來去

時光膠囊

我知道你不喜歡花言巧語
所以直接進入主題

我剛剛散步回來
自中秋開始
晚餐飯後的散步鮮少間斷
如你所知
我選擇的路徑空氣不好
這個時節
蓮花也了無生氣地傾頹在乾涸的土壤之中

昨天還在想今年會是個暖冬
今天就降到了十二度

翻譯社的小姐用Line告訴我說
翻譯的書即將上市了
用了興高采烈的emoji
以為擅長文字的我
想要寫一篇文章
卻不知道該如何形容自己的情緒

政治就不提了
無論你是否會想要知道

至於創作方面
我想要嘗試完成一篇短篇小說

每天在睡前思索著起承轉合的道理
希望能夠騰出時間研究別人編劇的手法
目前還無法訂出確切的日期
雖然我也知道這樣不好

詩減產了
想要簡單一些
卻又找不到合理的方向
這一點最不重要
反正創意總是起起伏伏

最後
二零一九年即將結束了
帕爾曼白髮蒼蒼
陳昇的歌變得樸素而恬淡

我還必須送走一些時光
才能將這封信送到你的手中

有些人認為時間並不存在
我們的喧嘩徒勞
也好
我們就不用苦苦地議論著孤獨
還有一個雜訊漸強的時代

貓是自由的

貓是自由的
自由地行走
在車頂上眺望

人是自由的
自由地眷戀與愛慕
受困於思想

貓的自由與我的自由
我與我的身體
身體與世界
世界與心
心與自由的貓

十二行

當所有的人都醉了
誰要獨醒
黯淡的人忘身於過曝的星河
在腐朽的船上

鑼鼓喧天也不覺得吵
只記得耳骨以及風聲的軟
門扉
還有不知羞赧的桃紅

遠去的波瀾邁向不安於室的海
寬衣的人活著

親吻著
好似擁花的露水

現世如斯

不美的不足以成詩，
例如現世。

日照與北迴歸線在南方相逢，
繡球花開，
盛夏，
偶爾埋怨氣溫。

命運與微風，
降雨，
謎樣的南十字星，

她的短髮，
降噪的文字即將在明日佚失，
如今不美

恰如此時此地的人間

你起身時就遺忘了天空
我在凡塵的土地耕田
問候了彼此未定的形態
鍾愛一件藍色的風衣

豈不美哉
那些延展於高處的道路
以及在低處沉睡的河
但你一起身你就忘了
你說眼中所見的草原
浩瀚無邊

但一閉眼
只是無名的閃電

豈不倦哉
我苦苦地在燈下追尋消散的光
彷彿在紅塵的彼端繫上了緣
此生就要甘願
相信飛馬的血肉
只是清澈的細沙
相信我們眼中所見
不如不見

所以憤怒
一字一句就想擊碎時光的波峰與波谷
撫慰無人照看的花

但影子仍在
貌似永恆
所以寧靜
坐困在江邊觀賞平凡的雨
盤旋於塔尖
流淌於壤土
然後知足
輕聲地向誰訴說
四月天裡的無我
無情

恰如此時此地的人間

愛與光譜

沒有堅果的人生就像過於草率的煙火
算上微光與寒鴉
也不過就是一幅淺談色溫的畫

霜雪離了枝頭以後天空的一角沒入小溪
飛鳥慢行如妳
長浪逆光如魚
難贖回的即景蒸騰入雲，抖落陣雨
玫瑰色暖陽
以雍容的姿態閃亮

泠泠地招搖
青春的弧線可比噤聲的列車
披星戴月的長蛇
最後淪為米色
我們都知道愛過了彼時
此時不該有恨

所以開口閉口都美言南方
渲染奇連藍的夏季
猜想霜雪似火
其實止於淡墨
依循冰晶的紋理和碎花的風情遙想當年
遍地都是紫羅蘭色夢幻的漿果

將綻放倒轉
浮動的色彩就回到了熟悉的筆尖
但願這一次我能對她坦白
畫外其實有愛
所以不安的心可以動搖
雨雪霏霏的離島
可以被雙臂環繞

弦上

若我說那些都是空言
時光是否能穩妥一些
彷彿千百萬年前就已注定的事
某天夜裡恰巧有顆不眠的星子
剛好亮得
不由分說

我猜想我只能簡單地歸結：
「身在這裡的某些年月
很是匆忙」

莫說離別最苦
那些零落的空言
躍然於不為人知的弦上
竟宛轉如歌

流於

某一天開始，我就
不再屬於那些人
無法溫柔地對人撒謊
假裝盤石與細絲
是噤聲的擂鼓

何年何月曾是這樣
一撇一捺的煙雲
最終是無色的風景
優雅的野獸在轉生之前
見過飢餓的鳥
在某個夜裡逕自飛去

取道月明星稀
飛向山窮水盡
街坊巷里
剩下的人強說著憂愁
在電光石火之間

在最後一潭清泉流於世故之前
汲取一瓢用於灌溉
用於啜飲
想起她說
浮生若夢
還是濕了眼睛

野

遺忘了那種古典的美感
我們還是偶爾相遇
走在輕微的鼓譟之間
灼熱的
像塊冰

一種樸實的
或者喧嘩的紋路
你的安靜
是緩慢的生長
偷一吋陽光
拆一尺城牆

我說：「失望了。」
但沒太大的影響
眸子與鏈
依舊很野

有比沒有好
藉口總是
後來才知道
你也不知道

小旅記

我以一種無法被量化的速度旅行
不快也不慢
聽熟悉的歌
看一輪日落了
留下淡淡的光彩

入夜之後要噪起來
如花草樹木一般
像蟲鳴鳥囀一樣
遠方有很多燈
閃閃爍爍
更遠的地方
有陌生的人

扣打

那些悲傷是否不值得一提？
許多熟悉的背影
淹沒在人海之中
消失在街的轉角

但願我們從不曾相遇
是否應該這麼說？
填滿生活的熟悉和陌生
簇擁著你走向下一個明天
別試圖解釋
我知道你心中的空白
是即溶的雪

那些勇氣其實不值得一提
也許
有沒有寫下來
結局都一樣
很容易被遺忘
很容易被撕去
在惱人的coda結束之後
理應響起下一首歌

三十自述

其實再簡單不過
就像雲本該化作雨
諸如此類的事

真情與假意參半的旅途之中
有幾張無名的臉譜
和幾扇裝模作樣的窗
偶遇時微笑著寒暄
「人在異鄉」
其實從來不曾跨越邊界
即使淚流滿面
也沒有哭

她的懷抱並無所求
無比貪婪的青春
卻慢慢開始流動
用極其清澈的想像
沖刷日常生活的起居
「下了班之後我去接你」
直到某一天開始就不再這麼做
生活還是一樣繼續

縱使世上最溫柔地侵蝕
仍留下淺淺的痕
要在陽光下瞇起眼睛來看
才知其所以然

所以藍

難以被讀懂的新詩
沒有深究的必要
我猜想那一天的雲層中
藏著一滴不願降下的雨

三十歲的你與愛情
原來再簡單不過
諸如此類的事

仙女棒

如果說願望
是極其短暫的光
讓我們靜靜地想
渡過這些年的猶豫
渡過夜的荒涼

也不是全然地黑
也沒有太多夢想
我知道人的聚散
是放蕩的留戀與
委婉地流浪

「她找不到能愛的人」
所以大聲歌唱

一個被看穿了結局的故事
在很久很久以前
沒有花
只有樹
兩個人
三餐
就過了一天
然後在夜裡
揮舞著希望的光

一部分

我們都是其中的一部分
在某個轉角
享受平靜的午餐
知道窗外的景色
跟昨天相似

那些無病呻吟
是你胸口上的花
八釐米的世界
有一種偏黃的顏色
搞不好是這樣
或者那樣

你開始思考晚餐的菜色
也許有魚
魚裡有刺

我們深愛著那片藍
纏繞的雙股螺旋
決定了他的來處和去處
優雅地換句話說
如果不是這樣
也不是那樣……

活下來的人
有日出和早餐

1986

只藉著一點星光
就想勾畫草原
微寒的筆尖
像不肯負責的親吻
薄情的人聚在一起談笑
隔天就忘了

因為騷人總是騷
旅人總是苦
所以那些飄逸的謊話
（來自鮮豔的紅唇）
總能撫慰你心中

蒼茫的雪景
走馬看花的人吶
路過許多春天

十一月有微涼的線條
埋伏在秋天之後
妳在街的轉角想起了他
卻想不起愛
撕去一個舊的日子之後
又找到了新歡
在十二月來臨之前

把夏天關在門外
陽光直射的日子
也許你喜愛獨處

或者在某一年的某一天
明白激情已經淡去
所以對路過的人說
「謝謝你愛我」
然後轉過身
輕輕地哭泣

後來我們都忘了
又聚在一起談笑
祈願靜好的歲月搖曳生姿
草場常綠
然後在早晨與晚間
節約著日光
乖乖地等待下一個
酸甜的年份

再見煙雨

你曾經來過這裡
像螞蟻追逐甜蜜的足跡
或者自願上鉤的魚
我吵吵鬧鬧著
輕輕地離開

後來的人們不記得
你掩飾的煙雨
所以苦悶難忍
心癢難耐

花貓和江南
我將乘坐地鐵離開這裡
而你那一葉扁舟
還在湖心

蓮的聯想

戰爭
伊拉克
美索不達米亞
河
黃土高原
搖籃
歌
詩三百
淑女（Lady）
卡卡
肉身
閃光

神經
精神
口香糖
軟實力
和平
淚
水波
蓮

聲聲慢——你是否還記得那扇微涼的窗

其餘的日子裡都沒有風了
那自信滿滿的紅瓦
雲朵多毛的尾巴
分別時我掌心的刺
現在長成乾燥的花

我們在人群中走散了自己
揣摩著明天
卻從不考慮刷白的衣領
是否能擋住風
真正的美好近似於燦爛
在轉瞬之間

寧靜地彎曲終成皺褶的表面
傾聽了一整個冬季的瘖啞
你的身影在凍不起來的湖面上
生出微微的毛邊
我拾獲記憶中的一朵雲
卻遺失了風
街邊幾棵顏色過於鮮明的樹
沙沙地笑著看人間
隱蔽的煙火

然後我們約好一起散落
化成清透的水氣
在地面上蓋下
陽光的圖章

該去哪裡找我

別說不安的心老是猜疑
一首八零年代的舞曲
沒有新的遐想
就欺騙自己說：「荷葉不懂水珠的心境」
好人每天閱讀報紙
壞人閱讀村上

該去哪裡找我？
捉迷藏裡的小確幸
一隻冥想的羊和北地的森林
你始終獨處
也從來不哭

好人一直是好的
許多年以後

那是一個怎麼樣的話題
雨後的空氣清新
說不喜歡的那本書
最後還是讀了
然後就明白
獨處的美好
一首八零年代的舞曲和德布西
我還是不懂你的邏輯
只好說服自己說：「水珠不懂荷葉的抗拒」
音樂也並非寫作的必需
並對其後遇到的許多人
真心地點頭微笑

誰在世界的底層給你買了件新衣

誰在世界的底層給你買了件國王的新衣
最終侵蝕基準面總是洶湧的可以
誰說你要再純潔一些
像一張拒絕被染污的畫布
初衷總是熱切
現在心已涼

可比炫目的人體彩繪
小子們的心思
惶惑且慢撚的棋
談起暗夜裡銜枚的兵
我說要哭泣吧

請在紙上哭泣
印出一蕊純潔的油桐花

比起海洋我們所談論的更近似陸地
傷口結成厚實的痂
誰說稻穗飽滿時皆須折腰
你怎麼就挺起胸膛，任憑朔風
教你怎麼老
聽懂一曲顫抖的讚美詩
和低語的欖仁樹

虛實之間的陳述起了毛球
言語的表面有些粗糙
於是我們靜默

支持彼此走過高潮
與低潮的日子

謎

東邊日出西邊雨
甘心做一個活跳跳的人
不去沾鍋
鍋也不沾你
無憂無慮就成一個美麗的謎
怕是徒留了一點空白
就盼望在明日裡
活成一朵黃花
可能性與追悔，左擁右抱
混沌裡難捉摸的原型
最終長成無聲無息的貪慾

心跳還是最合宜的節奏
想得太多或是太少
或是入了對號的座
總要循著一定的路徑
乘興而來，盡興而返
就讓精心彩繪的軀殼
盡其所能地向人炫耀
無事不可對人言
亦無可奉告
海岸與船舶活在相對之中
在鏡子誕生之前本是一體

你說我猜，你說存在
是怎麼樣的存在
真實在謊言睡去之後

才一擁而上
形與神巧妙地失焦
目光中有徒勞的流連
流星輕巧地滑過天際
只愛許願卻從不許諾
我已無心再猜
不完美的那些
都成了美麗的謎

親愛的請跟我跳一支舞

彷彿是要整個銀河系都立正
可是它們稍息之後就散成星星
啞口的美存在於當下
醜都入鏡
入境
從異鄉的
孤獨的異國風情裡出浴
渾身的清香，嗅覺
在美人甜蜜的夢鄉裡
化身成貪婪的豺狼
這不就是一篇道貌岸然的扯淡

從黃昏到深夜
從遲暮到入土安眠
總是珍愛自己
所以還原成一顆站立的蛋
把孵化當成一種歷程
自行破殼
連著臍帶出生
扮演高尚的哺乳類
不說閒話
不說謊不打草稿

或者你也可以找來一些魚
在辯士抵達時上菜
哲理忙著治水過門不歸
又推又敲

水有著亙古不變的鐵則
性、善
要放生
惠及子子孫孫
從無中生有
有中生無

主題是大有為的人生
無為的日子
老者們對坐著下棋
生命的意義擴大成一種爭論
激烈、卻碰不出火花、花火
不只在節慶時燃放
眼見為憑
在人們的視網膜裡成像

後來才是聲音
呼吸與心跳
由唇到肩頸

你的消息被聽了又說說了又聽
跳成一支狂亂的現代舞
燈光亮起時我們淪為觀眾
浮沉在千千萬萬個塵世
面目猙獰
說一樣的語言唱一樣的歌
喝一樣的酒
然後醉
翩翩然地跳起舞
然後睡
一樣的睡

親愛的請跟我跳一支舞
貼緊歡愉的三拍
搖擺成一坏土
長出纖細而青綠的植物
在微風起時
輕輕顫動

月娘最美的時候

那首讓人想起海洋的歌
我聽了
心口上躊躇的話語
都悠游成亞熱帶的湛藍裡
緩慢的魚兒
如果我也能裸身
就能驕傲地吃飯睡覺
在夜空中漫步成脫韁的馬

那首讓人想起夜空的歌
我聽了
十五的月十六才圓

你的形象伏貼成亞麻布上粗糙的畫
早春裡的念想跨過靈魂邊界的線
攀成曼妙的紫牽牛
沒有折衷的可能呀
沒有什麼記的牢

若是有天不再閱讀與寫
並非不再關心
而是已經遺忘

小調的人

客從何處來？
他們這樣問
請聽我說
我走著有些迷路

南方人望北方的星
眨眨眼睛
有些不想說出口的話
哪裡來的人？
夜裡不歸
歸去也不做什麼

就是奇想
想編織嶄新的網
要黏
捕捉一個從未興起的念頭
一個將晴未晴的天空

我只望你回首
望你在神色之外佐以些許風景
不甜不鹹
若能特調，就能成調
唱一首古今皆然
一首昨是今非
在風景之外另行搭建
一棟從不存在的房子

我住了進去
不久後又搬了出來

碧綠色的兔子

他站在路邊
下班時間的車潮總是打結
城市裡的噪與靜
街燈都木然著臉
像他這樣的人，英姿勃發
理所當然拼命地賺錢
誰會在已走了十五年的紅磚道上迷路？
只在某些瞬間
迷失自己
是誰在說
如果重來

如果重來
就回到某種年紀
狂熱地將一個面貌姣好的女演員
擺放在女神一般的位階
但總是要嫁人吧
要磨塑魚尾般的紋路
要擊沉揚帆的嘴角
有些道理你當時不懂
譬如電視劇中一幕唯美的哭泣
最後竟然變成一篇吸毒的報導
現在依舊不懂
只是變得不太在乎
或許變得不太重要
沒有人能定義青春
但誰又能正確地解釋狂熱

如果畫面就此定格
女神就能永遠擁有完美的容顏
他也就可以做一個夢
夢見一顆清澈透亮的彈珠
便緊緊地揣在手中捨不得割愛
在藍色裡看見靜止的滄海
永不桑田

但誰會在已走了十五年的紅磚道上迷路？
畢竟不再是某種年紀

可以這麼說

「可以這麼說，
我們都是大霹靂爆炸的灰塵」
我想我懂得
物質是守恆的
改變的只有那一張難以捉摸的臉

一杯溫熱的紅茶
並不因為一顆方糖而起波瀾
擱在你心裡的事
大約芝麻綠豆尺寸
既不深刻也不引人共鳴
真要說起來

氣溫好像熱了一些
沒什麼了不起

不變的不存在
變的從來沒有存在過

偶爾覺得自己眼界寬廣
偶爾悼念小情小愛
把胡亂聽說來的
胡亂說給別人聽
是我們應付生活的伎倆
是參揉了一點心虛的偉大

那個午後我們相對而坐
無風

剛出爐的大蒜麵包香氣四溢
紅茶漸涼

不私密的日記

早晨
我醒來
伸展
冷空氣被擋在窗外
陽光擅自闖進來
我沒有向誰道早安

中午
我走進一間擁擠的餐館
小鈴鐺細柔地說歡迎
皮笑肉不笑的點餐小妹
踏著夢幻的腳步

我沒有向誰道午安

夜裡
攝氏十八度
關於冬季的印象
應該是個鵝蛋臉的姑娘
走起路來悄然無聲
如果你也當不成花美男
不如放肆地儲存一點脂肪
愛情終究只是舌頭打了結
吃葡萄吐不吐葡萄皮之類的事

晚安
朋友

如果你已有了自己的一片天空
我們是否還能看見相同的月亮

渡

都說雨後會有彩虹
彩虹怎麼變成牽繫命運的繩
他們說
孩子
你暗夜裡激昂的心曲是幻夢
就算要哭泣罷
也得用一雙印象派的眼睛

帶刺的花永遠叫人愛
因為見了東海岸的夏日陣雨
要用多少歲月填補風裡的鹹

要畫多少藍圖
這一生要作多少夢
所以必須先懂得遊移
才學會平靜
因為一頓平凡的晚餐
才懂得愛

早安明日

旅人的旅行可能是真實的
也可能是虛幻的
旅人在車窗上找到了自己的倒影
如果微笑
堪比弦月
你就搬去一個名為芥子的星球

早安明日
晚安旅程
那些你穿過的夜都靜默
沒有人用雙眼去熄滅燈火
沒有歌在耳朵裡綻放

如果你的倒影為真
我就是一個虛假的人
擁有一顆似水的心
可是似水的心
如何抵擋輕浮的笑

III.

組詩

專題9　可愛又可惡

01. 哪裡跑？

舌頭上長不出蓮花
你湊合著擬定了一個鍍銀的夢想

什麼的什麼
如果莫名地感到快樂
就唱一首催淚的拔臘歌
吃餐不痛不癢的飯

02.大家都在討論

我思索了一整個下午
形容夏日能不能用爽朗這樣的詞
有點連結有點脫序
一整個下午都如同火一般的熱

世界末日
有點嚴肅有點戲謔的詞
大師偷偷地繞到我身後敲了我的頭
世界末日之於人類
猶如A片之於宅男
都要在閃過罪惡感的神經元裡
開出芬芳的玉蘭花

03. 可愛又可惡

夜來不來
花香不香
標點符號請你自行想像

這可愛又可惡的世界呢
有很多名嘴
香腸嘴
說破嘴
三頭六嘴
而我圓睜睜的雙眼呢
剛好用來對抗莫迪里亞尼

04. 騙吃騙吃

那環保綠建材蓋成的單人房
無害
遺世獨立
球鞋進不去
拖鞋出不來

騙甲騙甲啦
油亮的皮鞋還在迷航
城裡的單身漢
日記都是無字天書

05. 讓陽光拍拍你的頭

幸好你有一張簡約風的嘴
那些不成眠的夜都顯得容易許多
站起來坐下
坐下站起來
孤獨，不生枝節

如果明晨陽光從落地窗走進來
讓它拍拍你的頭

06.少說一點愛

當你把所有自卑和自負
都堆積成一灣進夷的沙岸以後
那微微鼓起的雙頰
突然光澤了起來
一步一個微笑
把記憶的底片晾在陽光下
就是此生最浪漫的空白
我已決心要忘記你了阿
雖然那並不容易

07. 收納盒

何必太過認真
那突如其來的某一天
散落一地的表象與真實
順其自然的翻滾

另一個意料之中的某一天
雲彩在天空裡翻滾
低吟的雷鳴帶來雨的味道
你收拾好散落一地的美好與哀愁

08. 山城

晨間的陽光是張緻密的毯
輕柔地鋪上了這個城鎮
生命的滋味本是甘甜
母親側著身輕柔地唱

我猜你也聽見了她的歌
才緩慢地划著你的船兒
航行在生命的溪流上
Life is but a dream
她唱
Life is but a dream

09. 起點

古典吉他溫吞的聲音
叮叮噹噹地在耳邊跳舞
Mi so La si
Mi so La si

破爛的客運公車
飛馳在台十四線凹凸不平的道路上
車窗外昏黃的燈光快速地流瀉而過
音符與燈光
幻化成一顆一顆渾圓的水珠
交織成一場無味的雨

對座坐著一個年約二十的男孩
背著一把吉他
沉默地靠著起霧的窗
Mi so La si
Mi so La si...
我猜你要前往夢的土地
讓無味的雨肥美你的田
我猜你已決心不再哭泣
旅行的終點是成長的起點

專題13　太平盛世

01. 日光

日光
白床單
她起身，走進繽紛的花園中
我的心裡有一間空房
空的
一無所有
只是該不該、要不要
在時光之外

孤寂得像秋
妳喚它
也喚不來

02.兵

以愛之名
當那把銀白色的槍
指向你鏽蝕的領口
孩子
學習如何去恨

當水平的表面傾覆
咖啡潑灑滿地
孩子請別傷心

我將為你蓋上黃土
天為你蓋上雪

03. 勇敢的人

撫平滿布皺紋的掌，世事紛雜
暗夜裡的傾聽者
口中吐出多刺的花
滿月粗糙
卻亮

一生不能為人群所見的
都散落在人群之中
彈跳著
是一個圓

往日的篇章傾覆悲喜，悄悄泛黃
那光滑的靈魂
被安撫成一個鬼
勇敢的人並不覺得害怕

04.
歌

驕傲、猶豫、暗自哭泣
如果那些明天的陀螺
仍不停地揣測自己
活在今天的人們
如何保持單純
寂寞、輕浮、蠢蠢欲動

框一幅朦朧的即景
撐起小傘
生之華跌宕如歌
爵士樂是一帖治療寡慾的藥

05. 到荒涼的夢裡開墾

管不住的就飛翔
順著風
順著水
到初相見的地方

到我們初相見的地方
重塑彼此
引領湖心盈步的鹿

走出磽薄的土

順著風
順著水
到那分別的平原上
熄滅點點星光

06.太平盛世

太完美的嘆息
與這個時代無關
這個時代太完美
與我們無關
終究無法喜愛對方

只能淺談
從花瓣聊到枝頭
提到雞啄米
然後微笑
挨女人一記耳光
遠方起戰事

放飛希望的鳥
捕獲愛的理由
花花世界總有和平的必要

07. 清流

清流有自己的方向
誰也弄不髒

外面的世界吵鬧起來的時候
他靜靜地喝了幾杯水
聽見了碎石碰撞
的聲響

從山林裡來
遠得要命的地方
魚說：「你從不知道他怎麼想」
山櫻花也不懂得看
潺潺、潺潺
美好的迷思
唱著一支純愛的曲
時光也壓不倒他的時光

直到有一天變成了雪

他落在山櫻花的肩上
吵鬧著
人們才呼朋引伴來看
這景色
怎麼叫人想起
遺忘已久的心傷

08.旗

你搖起大旗，或者
風搖起大旗
我以碗就口
安靜吃飯

你拍拍我的肩

我拍拍屁股
明天的啁啾
就留給明天的鳥

09. 夜色

夜色
紅唇蜜
她蓮步，走進喧鬧的人群中
我的心裡有一張空床
入夢
褪盡聲色
只是能不能、想不想

在慾望之外
委婉得像風
妳喚它
它已不在

10. 後現代的雨絲風片

食物與食客的可能性
拾獲一粒橘子
就吃
吃了喊酸
酸了就餓
餓了之後你還是你

專題17 毛

01.Dream

潛意識、潛規則、潛艇堡、潛水鐘與蝴蝶。

02.Hello Kitty

我也想對妳說聲「Hi」，活成一尾淺顯易懂的魚。

03.Couch Potato

沙發上的妳，厚切大波浪的髮型。

04. Miss

想念是難喚回的失去，女人們錯過的青春。

05. Guitar

六根不靜。

06. Scorpio

性與愛、參與商；香水有佞、尾巴有毒。

07. Rain

一朵雲的前世今生；一把被遺忘的傘。

08. Life

用一生去活著的生命。

09. Big Bang

花費137億年去學習彼此疏遠的藝術。

專題23　致島歌

01. Árbakkinn

在山之巔
在海之濱
在陽春白雪無名的幻夢一場

小橋走過
美麗見過
島上的日夜比睡眠更淺
零碎的光影流轉於樹梢之間
在言語化蝶之前

她的眼中有淚

02.1995

我知道那一景潺潺
靜默的人仍未知生
擷取一段旅途
風已走到了林子之外

無雲的她靜靜遠望
等待某一天
流浪的人不再妄言不堪
樹梢無風
羞澀的太陽
就永別了陰寒的雨

03. Raddir

明亮的雙眸著眼於至善
可歌
可泣

04. Öldurót

無就是無
逆旅
沉默的人在心裡來了又去
不識秋涼

她若不存在於永恆之中

便蜉蝣於現世
旅人若不是為此而來
便有一曲詠嘆錯過的頌歌

05. Dalur

影子無依
昨夜裡有雨
回聲沿著牆垣寂靜

漫談夜霧
流星落腳於山丘之上
醒時無歌

06. Particles

寸步
紫色的天空是荒謬的弦
彼時有方
今時已成無緣的線

她的去處無人知曉
遠在小橋流水之外
遠在千里方圓之外
遠在十七歲異色的虹彩之外

休言卻步
空房有窗
繽紛就要演化成簾

悲傷僅是極其乾燥的初心

07. Doria

河流的終點是海
海岸褪去成砂
猶言貪歡、半晌
未竟之夢裡藏著輕柔衣裳

海的終點是田
回首不復再見
一聲嘆、跫音
愛戀莫若年少初長成之時

一雙晦澀眼光

專題24　好旋律

00.序曲

他在暮色裡彈奏克萊普頓的美麗夜晚；
我想像著點點星光，
在穿越大氣層的時候，
丟失了部分的自己。

晚風帶走了我們的措詞，
於是安靜地傾聽，
聽屬七和弦伴隨著些許雜音，
悠然地走入風裡——
從此不再回望。

01. 大七和弦

天上的鋼鐵翅膀要飛向它的遠方
蝶兒逐花
斜斜的日照彷彿一首瓶中的詩

乾燥花受夠了風所以放空了自己
大七和弦有夢
夢中那個很藍很藍的晴天
不識雨的滋味

滴答滴答的稠呀
和鳴的木
不在愛裡的聲響有雙白皙的足

02. 加九和弦

柔軟的羊毛來自堪憐的羊
可樂別具熱量
迷走的旅人固守愛的城池
一頁日記
一把鑰匙
堆砌在其中的無邪的無恥的無憑無據的無聊說詞

03. 大六合弦

她銜著一首歌前來
歌中的世界
安靜地運轉

我聽懂了她的安靜
所以收起了爪牙
在南方的城市裡
佯裝春雪
鋪滿山坡

鋪滿山坡
爾後浮雲
忘卻了所有的詩歌
和她歌唱的模樣

04. 增和弦

棄子在夜雨中進發
美人掩藏於晨霧
不討好叛逆的時代
不論及婚嫁

搖滾樂是過譽的飛鳥
民謠是誤食的花

05. 大合弦

悠揚的旋律仍在
歌頌著灑落的雨和滿倉的穀

歌頌著料峭的春和黃泥的路

生於斯也長於斯
悠揚的旋律仍在
歌者卻不願留名

06. 減合弦

追獵著陽光的人
推算著小冰期的可能

07. 小七合弦

先是聲音
然後是肢體

再來是顏色
最後是氣息

他安份地活著
見證了許多亮麗與斑駁
奔走於阡陌
唱無悔的歌

旁觀者的文字是如實的投影
雖不如暮鼓晨鐘
但可長相憶

08. 尾奏

二零零八年，
我完成了一組名為〈夜光玫瑰〉的詩，
彷彿詩句的墨跡未乾，
猛然抬頭，
十年又悄然過去。

當然，
時光並非真得如此空泛，
「柯比高掛起了球衣，
哆啦A夢遺忘了自己。」
筆記本中未能成詩的句子佐證了世事的流轉，
一個時代捻熄了燈，

另一個粉墨登場。

歌頌時光的樂手，
佇立於長河的堤岸，
滿足於曲目之盡興，
便不再擔心，
也不再挽留，
任憑半減七合弦漫隨流水，
沖刷著若夢的浮生。

專題26　夏季的歌

01.夏季的歌

永恆的分別跟永恆的相守一樣誇大
在堤岸上散步的人遇見了開在夏天的花
花沒有說話

她不知道依戀
依戀與童年之間牽著細細的線
我閉起眼睛就看見那一天凝固的陽光
植物拒絕了綠
愛作弄了你

也許那些故事後來會被翻唱在歌裡
說：「這世界那麼多花」
你知道你的心裡也住著一朵
隨著風搖曳

02. 原由

你不知道原由
原由是依循費波那契數列
層疊綻放的花
花偷走了你的心

輕唱一個宇宙
蜜蜂路過花的青春
產生了片刻的游移

03. 拾起一個平凡的片刻

譬如那一天午後尋常的斜陽
一棵佇立在路口的矮樹
一塊傾斜的路標
向左或向右
彷彿平行宇宙的分岔
骰子的詩

「如果重新再活一次就回到那個平凡的時刻」
是這麼想的，卻說不出原因
風吹之後葉落
夏之後是秋
真理在冬季死去

然後復活
誕生在一個平凡的秋

04. 如貓

過路的人路過
香水有佞
風景曾是風景的憑據
如今天各一方

故事的結局酸楚
貓從挪威的森林裡來
渡花渡草
足跡不知深淺
那一日我揮手道別

為明天留下
沾淚的柴火

05. 等待的日子

那些等待的日子是水藍色的
好的雨知道時節
壞的雨落在一個太過安靜的午後
壓縮了時間
水藍色的日子裡沒有鯨魚的蹤跡
孤島落雪
白茫茫的
我在白茫茫的景色裡等待
不敢歌唱

06. 樂園

不過就是太過鮮豔的謊
文字生出圖像
讖說：
「你的愛情享有陸龜的壽」
但那一天你獨自離開花園

暝暝
剩下的時辰屬於夜
獨角獸給過山谷珍貴的光

07. 路

用「迷濛」去形容一個城市
或者愛情

遠望的人在晚風裡
心事也在風裡
雨過之後換一輪斜陽
甜蜜地難過著
走一條不會相逢的路
聽歌過耳
日夜如常

但漸行會漸遠

夏至之後晝短夜長
甜蜜地難過著
近似於愛情

08. 流星

愛著一個人孤獨了自己
想著一朵花遺忘了寒露
流星拖著長長的尾巴路過
姑且絢爛的火

此時的人間正閃爍著點點的姻緣
像晶瑩的琉璃
相遇於石橋
離散柳梢

09.這世界上每天有這麼多的相遇離別

一場晨間的綿綿細雨
避雨的人疾行
濺起小小的水花

雨灌溉了大千世界
他們身在許多故事之中
他們耕作
收穫
流下喜悅的淚水

「愛的盡頭是一場完美的分別」
於是我在晨間看雨

看見忘記帶傘的人
濺起小小的水花

The Kynthos

On a boat,
I watched the wake rumple the virid reflection of the ridge,
Serenity engulfed the sublime vast with its tenderness,
And a cool zephyr, awaking the osier willow, brushed through her hair.

We did not talk,
Nor were we aware that a traveler inattentively passed a graceful balloon flower without uttering a word.
But I knew she was sad,
Before the sky purpled and numerous years elapsed.

There might be a rendezvous for us to meet,
Maybe it's just an archaic ditty that cannot be remembered,
Still, I will be standing there,
Uprightly,
Like a chivalrous bard who gazes at the glistening light dancing on the water,
Or a lover,
Weaving a dream,
Waiting for the moonlight to shine the Mount Kynthos.

國家圖書館出版品預行編目

顏色集 / goodmelody著. -- [南投縣草屯鎮]：
goodmelody, 2024.02
面； 公分
ISBN 978-626-01-2393-2(平裝)

863.51 113001050

顏色集

作　　者／goodmelody
出　　版／goodmelody
製作銷售／秀威資訊科技股份有限公司
114 台北市內湖區瑞光路76巷69號2樓
電話：+886-2-2796-3638
傳真：+886-2-2796-1377
網路訂購／秀威書店：https://store.showwe.tw
博客來網路書店：https://www.books.com.tw
三民網路書店：https://www.m.sanmin.com.tw
讀冊生活：https://www.taaze.tw

出版日期／2024年2月
定　　價／300元